Luna luminosa, ¿dónde estás?

Luminous Moon, Where Are You?

Por / By

Aracely De Alvarado

Ilustraciones de / Illustrations by

Victoria Castillo

PIÑATA BOOKS

Piñata Books
Arte Público Press
Houston, Texas

Esta edición de *Luna luminosa, ¿dónde estás?* ha sido subvencionada en parte por la Clayton Fund, Inc. Le agradecemos su apoyo.

Publication of *Luminous Moon, Where Are You?* is funded in part by a grant from the Clayton Fund, Inc. We are grateful for their support.

¡Piñata Books están llenos de sorpresas!
Piñata Books are full of surprises!

Piñata Books
An Imprint of Arte Público Press
University of Houston
4902 Gulf Fwy, Bldg 19, Rm 100
Houston, Texas 77204-2004

Cover design by / Diseño de la portada por Bryan Dechter

Library of Congress Control Number: 2020936824

Printed in Hong Kong in May 2020–August 2020
by Paramount Printing Company Limited
5 4 3 2 1

Para todos los niños que buscan la luna, no se desesperen si no la miran en una noche estrellada. Ella siempre sale serena y precisa.
—ADA

Para Mamá y Papá con cariño, "La luna era plana, plana, plana".
—VC

To all children who look for the moon, don't worry if you don't see it in the starry sky. She always shows up serene and on time.
—ADA

To Mom and Dad with love, "The moon was flatten, flatten, flatten."
—VC

Una noche oscura Juanito se asomó por la puerta de su casa y se dio cuenta que la luna no estaba.

One dark night, Juanito opened his front door and discovered the moon was gone.

—¿Estará escondida debajo de la cama o en la cima de una gran montaña? ¿Dónde? ¿Dónde estará? —se preguntó Juanito sorprendido.

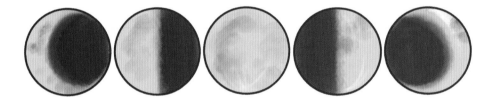

"Could it be hiding under the bed or on top of a great mountain? Where, oh where, is the moon?" Juanito wondered.

—Creo que el coyote, que come chayote, a su guarida la llevó —dijo Juanito.

El coyote, que merodeaba triste por ahí, contestó:

—Auuuuuu . . . Auuuuuuuuu . . . Auuuuuuuuuu. Lo que más quisiera tener en mi guarida es la bella luna, pero cada vez que intento tocarla, se me desvanece y escapa. Auuuuuu . . . Auuuuuuuuu . . . Auuuuuuuuuu.

"I bet the coyote who eats chayote, took it to his lair," Juanito said.

The coyote, who was lurking around sadly, answered, "Aaahooooooh, aaaahooooooh, aaaahooooooh. The beautiful moon is what I would most like to have in my lair. But every time I try to touch her, she slips away and vanishes. Aaahooooooh, aaaahooooooh, aaaahooooooh."

—¿Dónde? ¿Dónde estará la luna? ¿Será que la gritona cigarra a la luna ensordeció y por eso desapareció? —se preguntó Juanito.

Una dicharachera cigarra, que en el árbol cantaba, muy contenta contestó:

—Ñiiiiiñiiiiiiiii. Ñiiiiiñiiiiiiiii. Ñiiiiiñiiiiiiiii. Ñiiiiiñiiiiiiiii. A la luna andariega le encanta mi melodiosa voz, y ¡algunas veces cantamos las dos! Jijiji. Jiiiiii. Jiiiiii. Ñiiiiiñiiiiiiiii. Ñiiiiiñiiiiiiiii. Ñiiiiiñiiiiiiiii. Ñiiiiiñiiiiiiiii.

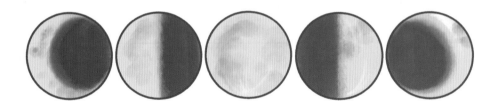

"Where, oh where, could the moon be? Did the screeching cicada deafen the moon and make her disappear?" Juanito wondered.

The chatty cicada, who was singing in the tree, answered happily: "Chiiiirp. Chiiiirp. Chiiiirp. Chiiiirp. The restless moon adores my melodic voice. Sometimes we even sing together! Hee, hee, hee. Hee, hee, hee. Chiiiirp. Chiiiirp. Chiiiirp. Chiiiirp."

—¿Dónde? ¿Dónde estará la luna? ¿Será que el búho con sus ojos grandes y redondos a la luna encantó?

El búho, sobre un tronco caído, contestó:

—Jujujujuuu. Jujujujuuu. Jujujujuuu. Yo quisiera con mis ojos encantar a la serena luna, ¡pero ella ni me mira! Sólo se mira en la laguna. Jujujujuuu. Jujujujuuu. Jujujujuuu.

"Where, oh where, is the moon? Did the owl with his big round eyes bewitch the moon?"

The owl, who was perched on a fallen tree trunk, answered: "Hoot hoot, hoot hoot, hoot hoot. She doesn't even look at me! I wish my eyes had enchanted the peaceful moon, but she only looks at herself in the lagoon. Hoot hoot. Hoot hoot."

—¿Dónde? ¿Dónde estará la luna? —se preguntó Juanito de nuevo—. ¿La habrá ahogado una rana en la laguna?

—¡Croac, croac! —protestó la rana mayor—. La luna alumbra mis noches también. Yo quisiera que a mi laguna viniera a reposar pero la luna muy lejos está. ¡Croac, croac, croac!

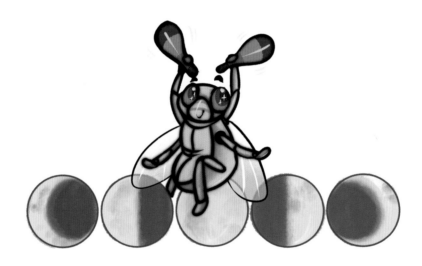

"Where, oh where, could the moon be?" Juanito wondered again. "Has a frog drowned her in the lagoon?"

"Ribbit, ribbit!" croaked the oldest frog. "The moon makes my nights shine too. I wish she would come to rest in my lagoon. But she's always so far away! Ribbit, ribbit!"

—¿Dónde? ¿Dónde estará la luna? ¿Será que las brillantes luces de las luciérnagas la ocultaron? —dijo Juanito. Y de pie por la laguna contempló las brillantes luciérnagas.

Entonces una de ellas, luminosa, apagó su linterna y dijo:

—¿Ya ves? ¡Aquí la luna no está!

"Where, oh where, could the moon be? Did the fireflies' bright lights outshine her?" Juanito wondered as he stood by the lagoon and gazed at the glowing fireflies.

Just then, one of the bright fireflies turned her flashlight off and said, "Can't you see? The moon is not here!"

—¿Dónde? ¿Dónde estará la luna? —se preguntó Juanito preocupado.

—En las noches oscuras sin luna nos toca alumbrar mucho —contestó la luciérnaga—. Espera hasta mañana o pasado, y verás la luna mostrando su sonrisa plateada de nuevo.

"Where, oh where, is the moon?" Juanito wondered, all worried.

"On dark moonless nights we have a lot of brightening work to do," answered the firefly. "Wait until tomorrow or the day after, and you'll see the moon showing her silver smile again."

—¡¿Pero dónde?! ¡¿Dónde se escondió la luna?! —Juanito molesto protestó.

La noche siguiente tampoco hubo rastro de la luna. Juanito, desconsolado, miró al cielo y dijo:

—Luna, no te veo. ¿Por qué? ¿Por qué nos dejas en la oscuridad? Quisiera lanzarte un foco para que brilles un poco.

"But where, oh where, has the moon gone?!" Juanito cried.

The next night there was still no trace of the moon. Juanito, brokenhearted, looked up at the sky and asked, "Moon, why can't I see you? Why are you leaving us in darkness? I wish I could throw you a lightbulb so you could shine a little."

Desesperado, Juanito se puso a cantar:

"Luna de novilunio,
de plata ya no es tu cara . . .
¿Por qué nos has dejado?
No seas huraña. Muestra tu cara".

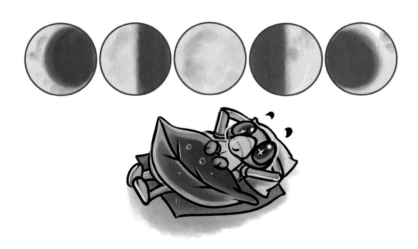

Hopeless, Juanito sang:

"New moon,
your face is no longer silver.
Why have you left us?
Show us your face. Don't be a stranger."

Al otro día por la noche, la luna por fin mostró su sonrisa plateada.

—¡Ya saliste! ¡Ya te vi! —gritó Juanito feliz y cantó:

"Luna, ¡ya muestras tu sonrisa!
¿Por qué te fuiste tan deprisa?
Ahora sales de cualquier cornisa,
tan serena, tan precisa".

The next night, the moon finally showed her silver smile.

"There you are! I can see you!" Juanito called happily and sang:

"Oh moon, with your smile on display!
Why had you gone away?
Now you shine from any place,
steadfast and precise. Please stay."

Y el coyote, la cigarra, el búho, la rana y las luciérnagas se unieron a cantar:

"Sale la luna, redonda redonda
como una plaza, como una ronda.
Sale la luna, chiquita, chiquita.
Igual le alumbra media lunita".

The coyote, the cicada, the owl, the frog and the fireflies joined together to sing:

"The moon comes out so round,
so round like a plaza, like a roundabout.
The moon comes out teeny-tiny.
Always bright no matter the size."

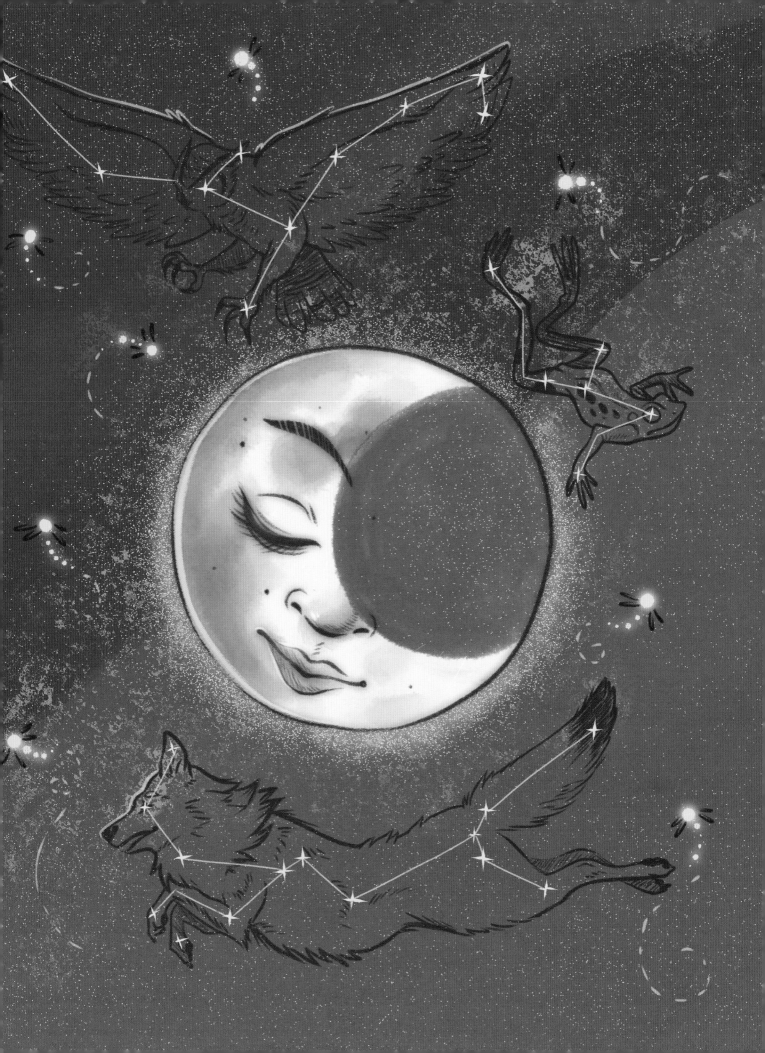

"Sale una estrella, bella muy bella,
dos angelitos juegan con ella.
Sale una nube, rosada rosada
porque ya viene la madrugada".

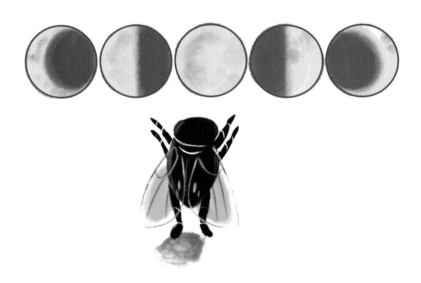

"Two little angels at play
with a pretty shining star.
While on the horizon far
a pink cloud announces the new day."

"El sol ya viene subiendo subiendo,
y la estrellita se va corriendo
y Juanito ve que la luna redonda
tras de los cerros se va ocultando".

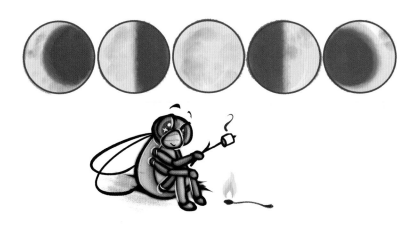

"The sun brings in the new day,
and the star has run away
and Juanito sees the round moon
behind the hills has hidden away."

Aracely De Alvarado es maestra de preescolar y compositora de canciones y cuentos infantiles. Como maestra usa la imaginación para contar historias en donde todos los niños participan. Escribió su primer cuento en 1994 porque quería que sus estudiantes desarrollaran y enriquecieran su vocabulario y lenguaje. Su primer libro infantil, *Los pingüinos / The Penguins* (Palibrio, 2014), fue traducido por su hija. Aracely estudió diseño artístico, dibujo y pintura al óleo. Ella es de Monterrey, Nuevo León, México, y vive en California con su esposo.

Aracely De Alvarado is a preschool teacher who writes songs and books for children. As a teacher, she uses her imagination to tell stories in which children can interact and participate. She wrote her first story in 1994 because she wanted to develop and enrich her students' vocabulary and language skills. Her first children's book, *Los pingüinos / The Penguins* (Palibrio, 2014), was translated by her daugher. Aracely studied artistic design, drawing and oil painting. She is from Monterrey, Nuevo León, Mexico, and lives in California with her husband.

Victoria Castillo es ilustradora de libros infantiles, diseñadora gráfica y artista de conceptos en Texas. Ha trabajado en ilustraciones para editoriales, portadas de álbumes y libros para adultos y niños, conceptos artísticos para especiales de animación, y se inspira con la ciencia ficción antigua, las caricaturas de los años 80 y las novelas gráficas modernas. Vive rodeada de plantas, libros, juguetes, discos y monstruos de varias formas y tamaños. Ella vive con su familia y muchas bestias.

Victoria Castillo is a children's book illustrator, graphic designer, photographer and concept artist from Texas. She's worked on editorial illustrations, album covers, concept art for animated features, book covers and children's books, and is inspired by old science fiction, 80s cartoons and modern graphic novels. She sorrounds herself with plants, books, toys, clowns, vinyl records and monsters of various forms and sizes. Victoria lives with her family and numeorus beasts.

Para escuchar en Internet versiones de la canción, escribe en tu navegador:
Sale la Luna, redonda, redonda como una plaza

_____

To hear versions of this song on the Internet, write in your browser:
Sale la Luna, redonda, redonda como una plaza